KB085302

아겔다마

도서출판 아시아에서는 《바이링궐 에디션 한국 대표 소설》을 기획하여 한국의 우수한 문학을 주제별로 엄선해 국내외 독자들에게 소개합니다. 이 기획은 국내외 우수한 번역가들이 참여하여 원작의 품격을 최대한 살렸습니다. 문학을 통해 아시아의 정체성과 가치를 살피는 데 주력해 온 도서출판 아시아는 한국인의 삶을 넓고 깊게 이해하는 데 이 기획이 기여하기를 기대합니다.

Asia Publishers presents some of the very best modern Korean literature to readers worldwide through its new Korean literature series 〈Bilingual Edition Modern Korean Literature〉. We are proud and happy to offer it in the most authoritative translation by renowned translators of Korean literature. We hope that this series helps to build solid bridges between citizens of the world and Koreans through a rich in-depth understanding of Korea.

바이링궐 에디션 한국 대표 소설 **041**

Bi-lingual Edition Modern Korean Literature 041

Akeldama

박상륭
아겔다마

Park Sang-ryoong

ASIA
PUBLISHERS

Contents

아겔다마

Akeldama

1

(힌놈의 골짜기의 동남 예루살렘과 골짜기 맞은편 후미지고 나그네의 발걸음이 여간해선 머물지 않는 한곳에 오래되고 볼품 없는 움막집이 한 채 있었는데, 그 움막집의 사립문 한쪽 기둥에 '가룻 유다'라는 문패가 걸려 있었다. 그 문패도 그 움막의 운명과 마찬가지로 영고와 성쇠, 봄바람 가을비에 시달리고 또 썩고 곰 팡이가 피어 있어, 관심을 가지고 자세히 들여다보아야 겨우 알 아볼 수 있을 정도였다. 그런데 그것은 그리스 문자로 씌어져 있 었다.)

1

(There was an old hut on a secluded path across the Valley of Hinnom in the southeastern area of Jerusalem. Few travelers passed this way. A nameplate reading "Judas Iscariot" hung on a post next to the hut's twig gate. The nameplate was exposed to spring winds and fall rains, subject to the ups and downs of the times, much like the hut itself. It was so rotten and mold-eaten that you had to look at it very carefully in order to make out the words written on it in Greek.)

That night—Friday the fifteenth, in the year 30 A.D., in of the month of Nisan—Judas of Iscariot

그날 밤엔—서력 기원 삼십년 니산달 열닷새 금요일—가룟 유다는 전에 없이 지치고 쇠약해져서 비틀 쓰러질 듯이 하고 돌아왔다. 길은 그날 오후에 억수로 쏟아진 소나기로 진구렁창이었다. 그러나 유다는 그런 건 개의치도 않은 듯이 그의 바짓가랑이는 흙투성이였다. 그는 쫓긴 토끼마냥 불안스러워했고, 서두르는 것 같았다. 게다가 이전의 상냥스러움은 찾아볼 수도 없이 퉁명스럽고 변태적인 침울한 사람으로 변해져 있었다. 광포와, 신음과, 이빨 부딪치는 소리는 앓는 수고양이를 연상시켰다.

그에게는 다만 예순다섯이나 되는 노파가 한 사람 있었을 뿐이었는데, 그녀가 촛불을 켜들고 유다 방으로 들어갔을 때도 유다는 진정되지 않은 듯이 맨바닥에 엎드려 기묘한 신음을 쥐어짜대고 있었다. 책상 위엔 언제나처럼 선지자 스가랴의 팸플릿이 반만쯤 펼쳐진 채 먼지를 덮어쓰고 있었고, 그 펼쳐진 갈피 위엔 펜이 녹슨 펜대가 여전히 놓여 있었다. 유다가 들어오고 하나 달라진 것은, 한 번도 다음 장은 넘겨보지도 않은 것 같은 그 갈피 위에 함부로 던져놓은 듯한 한 꾸러미가 독사처럼 도사리고 있는 그것이었다.

returned home, tired and worn thin. He was staggering, as if he was about to collapse any second. It had rained heavily that afternoon. The road was washed out and slick with mud. Judas didn't seem to have minded it, though. His pants legs were covered in mud. He was as nervous as a harried rabbit. He looked as if he was in a hurry. He was no longer his former congenial self, but gruff, perverse, and depressed. His frenzies, his moaning, and his chattering teeth reminded people of a mad stray cat.

In his house there was only a single woman. She was about sixty-five. She went to Judas' room with a candle in her hand and found him lying facedown on the floor. He was making a strange groaning sound. On the desk there was the Prophet Zechariah's writing halfway open, covered with dust, as always. A rusty pen was lying in the space between the leaves. The only thing in the room that looked different after Judas had returned was a bundle lying atop the writing, heavy and menacing like a coiled, poisonous snake. The book looked as if it had never been read past the open page.

The old woman put the candle down on the desk. She tried to take off Judas' muddy pants but

노파는 조심해서 책상 위에다 촛불을 세워놓곤 유다의 흙 묻은 바지를 벗겨주려 했으나, 발길질을 해서 실패했다. 하는 수 없어 흙투성이 위에다 이불을 덮어주었다. 그래도 이빨을 덜덜 떠는 건 그치질 않았고, 신음도 더욱 심해졌다.

노파는 촛불 빛을 통해 한동안이나 유다를 지켜보고서 있다가 슬며시 문을 열고 나와버렸다. 무언지 자기로서는 이해할 수도, 그렇다고 같이 걱정해줄 수도 없는 것 같은 어떤 느낌을 받았기 때문이었다. 그녀는, 습기 섞인 어둠 저쪽 하늘에서 몇 별이 고향의 이야기를 속삭여주고 있다는 외에 그날 낮에 어떤 물결이 어떻게 격류지어 갔는지에 대해선 조금도 모르고 있었다. 그러나 무언지 어제 저녁의 이맘때쯤의 느낌과 오늘은 약간 달라진 듯하다는 생각을 갖고 있기는 했다. 뭐 그것은 제 육시쯤으로부터 갑자기 하늘이 흐려지고, 제 구시쯤엔 천둥과 지진이 일어났다는 그런 변괴 때문이기도 했지만, 그것보다도 마음 밑바닥으로부터 이전에는 가져보지 못했던 어떤 것들이 모락모락 피어오르는 것 같은 느낌을 가졌기 때문이었다. 그것은 그녀가 젊은 날에 지녔던 소박하고도 서러웠던 꿈같은 것이기도 했고 또

to no avail. He kicked her the moment she tried. She had no choice but to just throw a blanket over him, muddy clothes and all. Judas' teeth chattered and he moaned even louder.

The old woman watched him for a while in the light of the candle and then quietly opened the door and left. She doubted that she could understand him or share his worries. She had no idea what storms had raged inside of him that afternoon. She knew only that a few stars across the wet gloom of the night were whispering to her about her home village. But she also thought that something else was different that night.

It had something to do with the strange events that had happened earlier that day. Around midday, the sky had darkened without warning and there was thunder and earthquakes three hours later. More than that, though, she had felt things she had never experienced were gathering from the bottom of her heart. These feelings reminded her of those simple and sad dreams she had had as a young woman. But they also seemed like feelings she would have when she became much older. She hadn't felt this way since she had turned thirty. She lived simply, without too much thought about what

어떻게는 이보다도 더 나이 많은 날에 느끼게 되리라고 짐작되는 그러한 것이었다. 그런 것은 나이 서른을 넘으면서부터는 모르고 살아왔다. 막연하고 멍하게, 그리고 소박하게만 살았다. 행복도 몰랐고 불행도 몰랐다. 세월은 그녀에게 젖이 샘솟는 유방을 주었고, 또 그것을 빼앗았다.

그녀의 고향은 사마리아였는데, 그녀의 남편은 본 지방(예루살렘) 사람으로, 힌놈의 골짜기 동남 예루살렘과 골짜기 맞은편의 한 구릉을 등진 곳에서 질그릇 굽는 것에 종사하던 사람이었다. 그 사람은 나이가 육십이 넘었으면서도 충직한 열심당 Zealot이었으며, 또한 자기의 일에 싫증을 내지 않고 열심스럽고 조용하게 해치우던 늙은이였었다. 열심당의 당원으로서 그를 아는 사람치고 그를 좋아하지 않은 사람은 없었지만 특히 유다는 누구보다 그를 따랐다. 그도 유다를 특별히 다정히 생각한 듯했었다. 서로가 그렇게 생각한 데는 같은 노선 같은 운명에 처해 있다는 그런 이유뿐만은 아니었다. 당수(黨首) 바라바를 통해서 처음 알게 되었을 때부터 두 사람은 동지 이상의 친애의 정을 느꼈던 것이다. 사실 유다 쪽에선 아버지나 어머니의 얼굴도 기억할 수

14

anything meant. She didn't know happiness, but she didn't know unhappiness, either. Time had given her breasts milk and then had taken it away.

She was from Samaria. Her husband was from Jerusalem. He had been a potter in the Valley of Hinnom, in the southeastern area of Jerusalem. He had been over sixty and had remained a Zealot throughout all those years. He never got tired of his work. He worked hard and never said much. All his acquaintances liked him, but Judas liked him even more. He seemed to take a particular liking to Judas, too. This mutual affection wasn't only because of their shared beliefs. When they had first met each other through Barabbas, the party leader, they had immediately taken to each other with more than comradely love.

Judas was always a deeply lonely person. He felt even lonelier after the blue-eyed man, the one around his age, had turned out to be unable to quench his earthly thirst. He had met this man while wandering all over the region, a lost soul from Kerioth who could not remember even his own parents' faces. Judas had met him at the Galilee port and followed him immediately, his hopes high. But he had been extremely disappointed at

도 없는 채 가롯 땅으로부터 각 곳을 쓸쓸한 심정으로 진전하던 차에 갈릴리 포구에서 자기 또래의 한 푸른 눈의 사내를 만나 그로부터 위로를 얻고 또 그를 추종하였으나, 그 사람은 유다의 지상적인 갈증을 흡족히 해갈시켜주지 못하였으므로 유다의 가슴 밑바닥엔 언제나 외로움이 깊게 자리 잡고 있었는데,—바라바를 알게 된 것은 이 당시였다—그것도 이 늙은 부부들에 의해 잊을 수 있는 것을 감사하였고, 또 노인 부부들 쪽에서도 옛날에 아들이 하나 있었으나, 집시패들이 스쳐지나간 뒤 종적이 묘연해 시름겹고 적적함이 더욱 뼈저리던 참이라, 자연히 서로들 가까워질 수밖에 없었던 것이다.

그런데 바라바들이 이 집을 드나들기 시작한 것도 오년째나 되고 있었다. 삼 년 전에는 그렇게 충직하던 토기장이 영감도 로마 병사의 화살에 죽임을 당하긴 했지만, 그 후에도 여전히 바라바들은 필요할 때면 이곳을 이용하곤 했었다. 그리고 이들에 의해서 불행한 토기장이 미망인의 생활은 최저나마 보장되었다. 주로 유다의 노력이 컸다. 유다의 생활도 물론 그녀를 기반으로 하고 있었다. 유다는 적어도 그녀 한 사람에게만이라고

these recent turns of events. He had met Barabbas soon after this. Judas was also thankful to the old couple that had helped him cope with his disappointment. The old couple had been happy to meet him. They were anxious and lonely after their only son had disappeared with gypsies. It was natural for them all to become close.

It had already been five years since the followers of Barabbas had come to the couple's hut. Although the arrow of a Roman soldier killed the hardworking, honest potter three years before, Barabbas' followers still gathered here. In this way, they could also help out the unfortunate widow as best as they could. Judas was the one who started this. At the same time, he was also dependent on her for food and roof over his head.

Judas was congenial, warm, and reliable—at least to her. But this night, he seemed very different. She couldn't understand why he acted this way after an entire fortnight's absence. Hadn't he always tossed her a small bundle of money and kissed her forehead? She was sad that such a nice young man had returned home so different.

At that moment, Judas called her. She got to her feet hesitantly, and watched nightfall grow more

하더라도 상냥스럽고 인정이 많고 믿음직스러운 사람이었다. 그렇던 유다가 오늘밤엔 사람이 여간 달라져 보이는 것이 아니었다. 그것도 반달가량이나 밖에서 지내다가 돌아온 날에 그렇다는 것은 그녀로서는 이해할 수가 없었다. 이전엔 언제나 몇 푼의 돈 꾸러미를 마루에다 던지곤 자기 이마에 가벼운 입맞춤을 했던 것이 아닌가. 그녀는 그렇게 훌륭하던 젊은이가 변해져 돌아온 것을 슬프게 생각했다.

그때 유다의 방으로부터 그녀를 부르는 소리가 들려왔다. 그때까지도 그녀는 어중간한 모습을 하곤 습기 속에서 점점 더 적막해가는 밤을 지켜보고 서 있었다. 계속해서 다시 한 번 노파를 부르는 날카로운 음성이 들려왔다. 그 소리는 흐느낌에 섞여 목구멍이 찢어지면서 나오는 소리 같았다. 그리고 그것은 흡사 저 이탈리아식 주테가의 무한의 깊이로부터 울려와 닿는 것처럼 가라앉고 가련한 목소리였다. 그러나 그 억양에는 짙은 증오가 내포되어, 붉은 목소리로 느껴졌다.

"여, 여요요, 할멈." 이전의 호칭(呼稱)과는 달랐다. 그전엔 어머니라고 불렀었다.

그녀는 잠깐 복잡한 생각에 잠겼던 것으로부터 깨어

and more desolate. Judas called her again, his voice sharper now. His voice was punctuated with his sobs and seemed to tear from his throat. It was subdued and sorrowful. It seemed to rise out of infinite depths of the Italian music, *jete*. But the accent indicated strong hatred, making it sound fiery.

"H-e-y, old hag!" he called. This was different from the name he normally used. He had always called her "mother."

Startled, she came in. She was hesitant as always, and like a mother entering her son's room. The door creaked.

"Could you please be quieter when you open the door? My eardrums are going to burst, damn it!" Judas' mood hadn't changed. He was still throwing his tantrum. He knew full well that the door creaked even when he opened it.

"Nobody came for me?" Judas asked. His voice had suddenly become soft.

"Oh, someone dropped by. Around mid-morning, when the shadow of the angle rafter touched that windowsill," she said, pointing to a small hole in the middle of the wall on the eastern side of the room. Judging by the angle of the shadow, that must have been around 10 in the morning. "You

나서, 언제나처럼 머뭇거리면서, 그러면서도 아들 방에라도 들어가는 어머니같이 문을 열고 들어갔다. 문이 찌그덕 소리를 냈다.

"제발 좀 소리를 내지 않고 열 수는 없소? 고막이 찢어질 듯해. 제기랄." 유다는 아까의 태도를 고침이 없이 신경질을 부렸다. 그러나 유다 자신도 문을 여닫을 때는 언제나 그런 소리가 난다는 것을 모르는 것은 아니었다.

"아무도 안 왔었소?" 유다는 희미한 목소리로 그러나 퉁명스러이 물었다.

"참, 어떤 이가 왔다갔지유. 저쪽 창턱에 추녀 그늘이 닿을 때쯤이었어유." 저쪽 창턱이란 동편 쪽 벽의 중간쯤에 구멍처럼 뚫어놓은 곳을 가리켜서 하는 말이었다. 아마도 오전 열 시쯤 되었을 때를 염두에 두고 하는 말 같았다.

"거 왜, 눈이 갈색인 사람 말이유. 꼭 씨름판에나 찾아다니는 것 같은……" 그제야 유다는 싸안았던 팔을 풀고 무서운 눈으로 노파를 쳐다보면서,

"그래? 그럴 줄 알았어. 바라바였어. 바라바, 예수 바라바." 유다는 몇 번이고 반복했다. 그 이름을 음미하듯

know, that man. The brown-eyed man. The one that looks like a wrestler..."

Judas loosened his arms and glared at the old woman, "Really? I knew it. That must have been Barabbas. Barabbas. Jesus Barabbas." He repeated the name over and over. He seemed to savor it. But then it didn't seem to mean anything. He looked like he was doing it out of boredom. He clutched a handful of his hair violently. His hair had become a victim of whatever great and terrible things he was now feeling.

Judas began to rage and toss about again. His hair tossed wildly back and forth and his voice became harsh discordant, like a child clumsily plucking the harp. The woman from Samaria shuddered. She thought about Judas' face when he had glared at her with his bloodshot cross-eyes. Despite all of this, she stood there and waited for whatever he would say next.

Judas was cross-eyed. His brown right eye looked straight ahead and his left eye peered over the center. They were truly strange eyes, quite different from anyone else's. His right eye was brown and his left eye was almost a light blue. The left eye also listed slightly upwards. Matthew, who

했다. 그러나 어떤 의미가 있어 되뇌는 것 같지는 않았고, 군것질하는 따위로 들렸다. 유다의 주먹엔 자기의 머리칼이 한 움큼이나 쥐어져 있었다. 유다의 가슴속에 의미가 표출된 희생들이었다.

유다는 다시 또 발광하기 시작했다. 머리칼은 무언의 공모로서 그의 발광에 헌신적인 동조를 했고, 목구멍은 개구쟁이 녀석이 긁는 하프 소리로 유다를 고무했다.

사마리아 여인은 유다의 충혈된 사팔뜨기 눈이 자기를 무섭게 노려보면서 말하던 얼굴을 상기하곤 몸서리쳤다. 그래도 그냥 서서 유다의 다음 말을 기다렸다.

유다의 눈은, 오른쪽은 갈색으로 똑바로 보는데, 왼쪽이 사시(斜視)였다. 그런데 유다의 왼쪽 눈은 보통의 사팔뜨기와는 달라서 참으로 이상했다. 오른쪽이 갈색인데 비해 왼쪽은 하늘색 바탕이라는 인상을 받는다. 그리고 그것은 위를 향해 시선을 보내는 눈이었다. 좀 문학적인 소질이 있다는 마태가 그 눈을 '기도하는 사튀로스'라고 표현한 뒤부터는 짓궂은 사람들은 유다를 부를 때면 흔히 마태의 '그럴듯한 표현'을 애써 사용했다.

얼마 동안인가가 그 방의 희미한 촛불 그늘 밑으로 흘러가고 난 뒤, 유다의 목구멍에선 흐느낌이 가래 끓

people claimed had some literary talent, called him "praying Satyrus." So people made a point of calling Judas this.

A little while later Judas began to calm down. The shadow of the candle lengthened. The phlegm in Judas's throat unstuck and he stopped sobbing. Judas hadn't fallen asleep or stopped thinking about whatever was troubling him, though. As he lay there, he remembered a few rather extravagant scenes of the day. Simon of Cyrene having trouble keeping up, lost in the chaos of the moment. A Roman soldier giggling and lifting Maria Magdalena's skirt with his spearhead. Magdalena Maria following the cross, her expression miserable and her appearance unbothered by any colors or oils.

"How many nights have you spent with that lover of yours? What about me?" the soldier cackled.

Judas saw it all from a nearby hill. The lover the Roman soldier was referring to was, of course, Jesus. Judas had despised Jesus at that moment. How ridiculous it was for a man who could not even bear his own cross to say, "Come unto me, all of you who are weary and burdened!"

Also, Judas so wanted Maria Magdalena himself. When he saw her two legs, taut and soft, under the

지도 않았고, 더 발광하지도 않았다. 유다는 그렇다고 해서 잠이 든 것도 아니고, 생각을 그만둔 것도 아니었다. 엉뚱하게도 그는, 구레네 사람 시몬이 얼떨결에 고역을 당하게 된 것이라든가, 또는 처참한 표정으로 몸매에는 관심도 없이 십자가를 뒤쫓아가던 막달라 마리아의 치맛자락을, 한 로마 병정이 창끝으로 들쳐보면서 게걸거리던 것 같은 작은 사건들을 눈을 감고 그렸다.

"너의 샛서방하곤 며칠 밤이나 잤누? 나하곤 어때? 히히힛." 유다는 그 모든 광경을 가까운 언덕에서 보았는데, 로마 병정이 말한 '샛서방'이란, 기진해서 걸어가는 예수를 가리켰던 것이다. 사실을 말하면, 그때 유다는 예수를 얼마나 경멸했는지 모른다. 자기의 십자가도 감당치 못하는 사내가 '무거운 짐 진 자는 다 내게로 오라'는 것은 우스운 말이었기 때문이다.

그리고 또 한편으론 막달라 마리아의 아랫도리가 얼마나 욕심이 났는지 모른다. 팽팽하고 물큰해 보이는 두 가랑이가 창끝에 의해 들쳐나 보였을 때, 유다는 참을 수 없어 숨을 헐떡이었던 것이다. 그전에도 욕심이 없었던 것은 아니었지만 항상 체모가 단정하였으므로 얼굴의 아름다움밖에는 별달리 생각지 않았었다. 그 얼

spearhead, he had begun to breathe hard. It wasn't like he hadn't wanted her before, but he hadn't paid attention to the parts of her body other than her lovely face. She had always been so proper around them. Her face had seemed unapproachably serene to him ever since she became close to Jesus, so cool and distant that he had stopped desiring her. But the Roman soldier's mocking banter had returned her to that woman at his village fountain, a warm, soft woman with smooth skin and a dark, smoky odor. She had once been a well-known dancer. She had been loved by Joseph, the viceroy's court physician. Gaius Flaccus, General of the Roman Guard, had been infatuated with her, too.

The old woman reached her in arms toward the door to leave. She thought Judas was asleep. At that moment, Judas leaped up and threw the woman down. It was so unexpected and quick, like a wild animal leaping up. She didn't even have time to be afraid.

Judas stopped moaning. He began to breathe hard and a strangled cry escaped his throat. He frowned and his pupils nearly receded. His mouth opening wide and then he began to grind his teeth.

Before the old woman realized what was hap-

굴의 아름다움도, 예수와 가까이하고부턴 범할 수 없는 고요함을 지니고 있어서 오히려 식을 정도라고 단념하고 있던 터였다. 그런데 그 병사의 야유는, 먼 곳의 여인을, 피부가 좋고, 매캐한 체취가 있고, 따스하고 물큰한, 자기 마을 샘가의 아낙으로 느끼게 해준 것이다. 사실 그녀로 말하면, 왕년엔 이름난 무희로, 총독의 시의(侍醫) 요셉의 사랑을 받았는가 하면 총독의 조카인 친위대 대장 가이우스 폴라커스 짝사랑의 여인이었다.

노파는 그제야 깡마른 손을 뻗쳐 문을 밀고 나오려 했다. 그녀는 유다가 잠든 줄로 알았던 것이다. 그런데 그때 유다는 무슨 생각에선지 광포한 짐승보다도 더 날쌔게 뛰쳐 일어나 노파를 쓰러뜨렸다. 참으로 민첩하고 사나운 동작이었다.

유다의 신음은 아까와는 달리 발정된 짐승 우는 소리로 변했다. 눈은 찌푸려져 동공은 거의 보이지도 않았고, 헤벌린 입술 사이론 이빨 갈아대는 소리가 으드득 으드득하고 새어나왔다.

노파가 정신을 차릴 수도 없는 빠른 사이에 노파의 치마가 찢겼다. 다음엔 속옷 찢기는 소리가 그 방의 벽에 살점처럼 튀겼다. 노파는 있는 힘을 다해 발을 구르

pening he had torn her skirt. Then, the sound of her underwear being torn spattered over the walls of the room. The old woman resisted, kicking her feet out and pinching and shrieking. But in the end he broke her right arm and she passed out.

Judas tore his pants. Dried mud dropped to the floor.

Judas walked with heavy footsteps on the road far below the lowest limit of beasts. Everyone became a sleepwalker on that road. The candle was still burning.

The old woman came to in the dim light of daybreak. Judas hunched over the desk and was eagerly writing something. Less than half of a candle burned next to him. The first one had already melted down. The old woman had woken up because of the sharp pain in her right arm. For a while, she wondered where she was and what had happened.

After Judas had burnt all the things he had just written, he realized that she had woken up and was now sobbing.

The old woman was crying obstinately, as if crying was the only way to relieve what she was suf-

고 꼬집고 고함을 질러 반항해 보았지만, 끝내는 오른편 팔을 분질려 기절하고 말았다.

유다는 이번엔 자기의 바지 자락을 찢었다. 가랑이에 붙었던 흙이 부스스 떨어졌다.

그리하여 그는 짐승의 한계에서도 더 아래쪽 길을 처벅처벅 걸어댔다. 그 거리에서는 누구나 몽유병자가 되는 것이다. 촛불은 켜둔 그대로 타고 있었다.

노파가 깨어났을 땐 날이 희끄무레 밝아올 무렵이었다. 유다는 책상 위에 엎드려 무엇을 열심히 쓰고 있었는데 두 개째의 초도 반이나 더 닳았다. 노파는 팔이 쑤시는 통증으로 깨어나선 자기가 어떻게 하여 이렇게 되었던 것인가를 한참이나 생각했다.

유다가, 노파가 깨어났다는 것을 알고 게다가 그녀가 흐느끼고 있다는 것을 안 것은 자기가 썼던 모두를 다시 불태워버리고 난 뒤에 그리고도 조금 더 지나서였다.

노파는 흐느낌 이상으론 더 달리 표현할 수 없는 것을 흐느낌으로나 풀어보려는 듯이 집요하게 흐느낌에 매달리고만 있었다.

"할멈, 제발 어서 집을 나가시오. 죽여 놓기 전에, 죽

fering from.

"Old hag, please get out! Before I kill you! Before I kill you now!" Judas smiled faintly. He repeated himself, "Before I kill you." His face turned pale and ghostly. The woman looked at Judas, shocked and feeling an unbearable sense of anger and humiliation. She couldn't speak. She began to sob and grind her teeth.

"Please, hurry! Please leave before day comes! Leave me alone. Damn! Why won't you leave now?" he cursed and cried painfully.

"OK, here, take it! Thirty silver shekels! That's for your body. Your body." Judas picked up the bundle of money from the stack of Zecharia's writing and threw it at her chest. Right before Judas blew out the candle, the woman from Samaria bit her tongue. The candlelight vanished. The gray of the morning overflowed the room.

A few minutes later, after the candlewick hardened, the old woman died. Her eyes remained open. The faint light of dawn pooled into them.

2

Judas didn't get up for six days. He didn't eat or

여버리기 전에 말야." 유다는 밤사이에 귀신같이 변해진 핼쑥하고 기력 없는 얼굴로 희미한 미소까지 띠면서 '죽이기 전에'만을 반복했다. 노파는 너무도 어처구니가 없고, 또 견딜 수 없는 분노와 치욕으로 목이 막혀 아무 말도 할 수가 없는 것 같았다. 그저 흐느끼면서 이를 가는 것이 고작이었다.

"날이 밝기 전에, 자 어서 나가주시오. 제발 나 혼자 두어주시오. 우라질, 빨리 나가지 못해?" 하고 괴롭게 외쳐댔다.

"자, 받아라. 은 삼십 세겔이다. 몸값이다, 몸값이야." 유다는 스가랴의 팸플릿 위에 있던 꾸러미를 노파의 가슴팍에다 거칠게 던졌다. 그리고 유다가 다 탄 초 동강이의 불을 끄려 할 때, 그 사마리아의 여인은 유다가 보는 앞에서 자기의 혀를 콱 깨물었다. 촛불도 꺼졌다. 새벽빛이 방 안에 넘쳤다.

그리고 잠시 후, 초 동강이의 심지가 굳어질 때쯤엔 그 노파도 운명했다. 눈은 뜬 채였다. 그 뜬 눈 속에도 새벽의 어슴푸레함은 사양 없이 파고들었다.

drink. He didn't toss and turn much, either. When he first lay down, he faced away from the old woman. But later, he faced toward her. So he might have turned his body over a few times. Otherwise, the room hadn't changed.

Judas opened his eyes at the dawn of the second Sabbath, six days after Jesus' crucifixion, around the time when a rooster cried three times. He curled up. He felt as if someone had awoken him, and he slowly opened his eyes. But it took some time for him to recognize the things around him. He was still swimming across the deep sea of his slumber. When he finally fully regained consciousness, gradually and dimly, he realized that someone was touching his forehead. Even with his eyes closed, he knew that the hand was pale, slender, and soft. But it also felt as cold as a sheet of ice, and he could feel a scar in the palm of that hand. He didn't feel this through his skin and his nerves, but through something else deep inside him.

At that moment, Judas wanted to cry out, "Dear Rabbi, tis thy hand!"

But these words didn't drop off the tip of his tongue. He just moved his parched lips a few times.

2

유다는 사흘을 두 번씩이나 보내기까지도 자리에서 한 번도 일어나질 않았다. 그동안은 먹지도 마시지도 않았던 것이다. 몸부림도 그렇게 심하게는 하지 않았던 모양이었다. 하기야 처음 자리에 들었을 땐 노파를 등진 쪽으로 누웠었는데, 나중엔 죽은 노파 쪽을 향해 누워 있었던 걸로 보아서 몸을 두 번쯤 뒤채였으리란 건 추측할 수 있었다. 그 외에 그 방 안의 풍경은 조금도 변하지 않았던 것이다.

그러니까 유다가 눈을 뜬 것은, 예수가 십자가형(刑)을 당한 날로부터 엿새가 지난 두 번째 안식일 새벽, 닭이 세 홰를 울고 목을 움츠릴 때쯤이었다. 유다는 누군가 자기를 깨우는 사람이 있다는 느낌을 가지고 잠으로부터 서서히 깨어나던 참이었다. 그러나 그 깊은 수면 속을 헤엄치고 건너온 피로로 해서 어떤 것을 인식하기에는 얼마쯤의 시간을 필요로 했다. 점차, 흐릿하게라고는 하여도 의식이 돌아오자, 그는 누군가가 자기의 이마를 짚고 있다는 것을 알았다. 눈을 감고라도 그 손은 희고 가냘프며 그리고 부드럽다는 것을 알 수 있었

Neither of them spoke. A dried leaf could have fallen from the top of a tall tree to the ground in the amount of time the two remained silent. It was the amount of time that it would have taken the calm of millennia accumulated in dried leaves to fly down. The soft hand remained atop Judas' forehead throughout this time.

Judas couldn't stand it any longer. "Rabbi, thou art like Father." Judas said, honestly and angrily. No answer came.

"Why didst thou come to me?" Judas muttered, still deeply ruminating.

Again, no answer.

"What more dost thou want from me?"

No answer.

"I bore the cross thy Father assigned me. Save one small act of cowardice, thou didst well, too. That should be enough between thou and me. Why art thou bothering me again?"

Judas felt the hand on his forehead tremble slightly as soon as he had finished speaking. Judas opened his eyes wide and looked straight ahead. His eyes were triumphant.

Two blue eyes, wider than the sky itself, looked down at Judas. They were not smiling or warm or

다. 그러나 왠지 얼음장처럼 차고, 바닥에 가시라도 찔렸던 흔적이라도 있는 손처럼 느껴졌다. 그 느낌은 오관에 의한 것이기보다 그의 깊숙한 곳에 잠자고 있던 혼의 촉수로써 닿아진 것이었다.

유다는 그 순간 무의식적으로 외쳤다.

"랍비여, 당신의 손이다."

그러나 말이 혀끝에서 방울져 떨어지지는 못했고, 그저 탄 입술만 두어 번 움직였을 뿐이었다.

큰 나무 꼭대기의 마른 잎이 떨어져 땅에 와 닿을 만큼은 어느 쪽에서도 말이 없었다. 그 시간은 천년의 적막이 한 마른 잎에 축적되었다가 날라져 내리는 것이라고 생각되었다. 그런 무던히도 긴 시간을 유다의 이마 위의 손은 한결같이 부드러웠다.

"랍비여, 당신은 아버지 같으니이다."

결국은 유다가 참을 수 없어 진실되게 그러면서도 분노를 섞어 이렇게 외쳤다.

"……"

그러나 대답은 들리지 않았다.

"도대체 당신은 무엇 때문에 나에게 오셨습니까?"

유다는 깊은 사념에 잠기면서 꺼질 듯이 뇌까렸다.

hateful. They were eyes without meaning and light. A winemaker, no matter how skillful, couldn't squeeze out a drop from those eyes. There was nothingness and silence in those eyes. They were eternity itself. Judas didn't want to see those eyes. He wanted to see eyes with meaning, hatred or love. Judas couldn't stand the sight of these eyes. He had lost again.

Judas tried with all his might to stand. He kicked and screamed. His hand trembled slightly, and his face began to shine with sweat. His body had become smeared with feces and urine. But no matter how hard Judas tried, he couldn't move. He could only spit out a few words, spitting them out like blood in his mouth. He was panting.

"Why on earth, why, didst thou come to see me again? Why?"

No answer.

"Thou deservedst to be cursed. Twin crosses would not have been enough for thee. Yes. They would not have been enough. Roman Law makes strange judgments. A dungeon would have been more appropriate for thee. If thou wast thrown onto Golgotha when thy blue eyes went blind, thy pale hands turned leprous, and thy calm turned to

"……"

"무엇을 나에게서 더 원하십니까?"

"……"

"나는 당신의 아버지가 내 몫으로 지워준 십자가를 훌륭히 졌습니다. 그리고 당신도 약간의 비겁만을 제외하면 훌륭했습니다. 그것으로 당신과 나와의 일은 끝난 것입니다. 무엇 때문에 이제 또 나를 괴롭히려 하시오?"

이 말이 끝나자 자기 이마를 어루만지던 손이 잠깐 동안 바르르 떠는 것을 유다는 느꼈다. 그래서 유다는 눈을 번쩍 뜨고 자기 앞을 똑똑히 쳐다보았다. 유다의 눈은 승리에 넘쳐 있었다.

눈앞에는 하늘보다도 넓게 보이는 두 개의 파란 눈이 유다를 지켜보고 있었다. 웃음도 없고, 다정스럽지도 않고, 그렇다고 미워하는 눈도 아닌,—의미가 바래버리고 빛이 없는 눈이었다. 그 눈 속에서는 아무리 훌륭한 포도주 담그는 사람이라고 해도 한 방울의 즙도 짜낼 수 없는 듯했다. 그 눈 속엔 무(無)가 있었고, 휴지(休止)가 있었고, 그리고 그것은 불멸 그 자체이기도 했다. 그러나 유다는 그런 눈을 원하진 않았다. 증오든, 사랑이든, 그 어느 쪽의 의미를 담은 눈을 원했다. 유다로서는

frenzy, then we would have known whether thou wast a true Messiah or false. And even if thou wast Messiah, thou must have surrendered to the earthly…"

There was no answer.

"In all likelihood, thou just wouldst have called "eli eli" like a hungry beggar girl. Why on earth hast thou come to me?"

But there was still no answer. Judas was exhausted. He was dying. Nothing more, sweats, feces, and urine, could leave his body. Only his eyes, open wide and crossed, could look up, searching for more words, full of anger and anguish, "Why on earth?"

Only then, a voice was heard from above, "To collect thirty silver shekels."

"But…" Judas stammered. Then, suddenly and quickly, "I gave it to the old woman from Samaria, to pay for her underwear."

"But now I must collect the money," a dry voice said from far above.

"Dammit! Dost thou now want to prove that thou werst not a slave? Or, art thou also making me the King of Jews?"

By "slave," Judas was referring to the Book of Ex-

그 눈을 견딜 수가 없었다. 유다는 다시 한 번 패배했다.

유다는 있는 힘을 다해 발악적으로 일어나려고 했다. 유다의 손은 가냘프게 떨리고, 얼굴은 진땀으로 번뜩이고 있었다. 그리고 유다의 몸은 똥과 오줌으로 뭉개져 있었다. 유다는 그러나 몸을 꼼짝도 할 수가 없었다. 다만 쌕쌕거리는 목구멍으로 몇 마디의 말을 각혈할 수 있을 정도였다.

"대체 무엇 때문에 다시 나를 찾느냐 말이오, 대체 무엇 때문에?"

"……"

"당신은 저주받아 마땅합니다. 쌍십자가(雙十字架)라도 당신에겐 오히려 부족했을 정도였소. 그래요, 부족했고말고요. 로마율법이란 건 엉뚱한 판결을 좋아한단 말야. 당신 같은 이는 십자가 대신 지하 감옥이 더 적당했을 것인데. 당신의 그 푸른 눈이 멀고 고름이 나고, 그 희디흰 손에 문둥병이 돋고, 그리고 당신의 그 냉정이 광란으로 변하고, 그리하여 골고다 언덕에 던져버려졌더라면, 당신이 참으로 메시야인지 아닌지가 판명되었을 것이오. 메시야라고 했더라도 지상적인 것에 굴복하였을 것인데……"

odus 21:32. A slave was worth thirty silver shekels then. Also, by mentioning "the King of Jews," he might have been referring to the absolute power of the king over his people. But more than that, Judas was asking him how he could sell Jesus, if Jesus wasn't a slave.

Judas even smiled. He sneered.

"I bought a shroud for a wandering woman with the money I got from selling a slave. That was a wanderer's money."

A "wanderer" was a Jew or a proselyte living in Jerusalem, but it didn't include outsiders.

"I still have to collect it."

"Rabbi, please don't bother me anymore. What have I done to thee? Thou makest me suffer. Art thou not a doctor? Please leave me alone. Please leave me alone, for goodness' sake, please!"

"I have to collect the thirty silver shekels."

Judas cursed. "Art thou only now trying to prove that thou art the King of Jews? Or, King of this earth? So thou wouldst take away the only place where I can lay my body? The thirty silver shekels are gone! They have paid for the old woman's shroud. This house is now mine. Thou seemst to be eager to take this house from me. What hast

"……"

"아마도 당신은 배고픈 거지 계집애처럼 '엘리 엘리'나 찾다가 말았을 거요. 대체 무엇 때문에 나에게 왔습니까?"

그러나 대답은 없었다. 유다는 더욱 지쳐서 거의 죽어가고 있었다. 땀도, 오줌도, 똥도 더는 분비되지 않았다. 커다랗게 뜬 사팔뜨기 눈만이 분노와 번민으로 이글거리며 많은 의미를 담고 위를 쳐다보며 숨 가쁜 발음을 했다.

"도대체 무엇 때문에?"

그때에야 저 아스라한 높이로부터,

"서른 세겔의 은(銀)을 받아가기 위해서니라."

하는 말소리가 들려왔다.

"그, 그것이라면, 저……"

유다는 더듬거렸다. 그러다간 갑자기 빠른 말씨로,

"저 사마리아 노파의 속치마 값으로 지불되어버렸소."

"그러나 나는 그것을 받아야만 하느니라."

다시 저 아스라이 높은 곳으로부터 건조하기만한 음성이 들려왔다.

"제기랄, 이제 와서 당신은 노예가 아니었다는 것을 증명할 셈인가? 아니면 나를 유대인의 왕으로 삼을 생

thou done to me? What?"

Although Judas made fists with his gaunt hands, he couldn't muster any strength. He had not eaten for six days. He hadn't swallowed a thing since he had had a piece of bread and a sip of wine during the holy supper on Thursday the fourteenth of that month.

"Thou didst betray me. Then, thou didst instigate that I betray thee. Thou didst say, 'The one who dips his hand into the bowl with me will betray me.' But, how would I have even thought of betraying thee, the person whom I have admired the most, even in my wildest dream? Didst thou think there could be a man who would follow thee without admiring you?"

"Although, in truth, admiration is one thing and delusion is another. I must have been one of those deluded. In the end, I was disappointed with thee. It was I who first realized that thou wast not a king, but a seducer. It was thou who woke me up. But I wonder why thou chosest me. Maybe thou felt it too overwhelming to continue to be who thou claimed. A man of thirty-three, thou didst get tired easily, and thou wast too quiet. So, please leave me now. My spirits feel strange within me. I'm sure thou knowst that a meeting between betrayers is

각인가?"

유다가 '노예'라고 말한 것은 출애굽기 이십일장 삼십이절을 염두에 두고 하는 말이었는데, 은 삼십은 노예의 대가였던 것이다. 그리고 '유대인의 왕'이라고 한 의미는 왕의 백성에 대한 절대권을 강조하자는 의미도 되지만, 그보다 예수 당신이 노예가 아닌 이상 어떻게 유다 자기가 사고 팔 수 있겠냐는 것이었다.

유다는 빙그레 웃기까지 했다. 물론 비웃음이었다.

"나는 한 노예를 판 돈으로 한 나그네 여인의 수의 값을 장만했어. 그것은 나그네의 것이다."

'나그네'란 유대인, 또는 개종자로서 예루살렘에 와 있는 자를 말하며, 이방인을 포함시켜 말한 것은 아니었다.

"그래도 나는 받아가야만 하느니라."

"랍비여, 더 이상 나를 괴롭히지 마십시오. 내가 당신에게 행한 일이 무엇입니까? 당신이 나를 번뇌케 합니다. 당신은 병자를 돌보는 의사가 아닙니까. 제발 혼자 있도록 해주십쇼. 혼자 있도록 두어달란 말이오."

"나는 서른 세겔의 은을 받아야만 하느니라."

"제기랄, 이제 와서 당신은 유대인의 왕이라는 걸 증명할 셈인가? 이 지상의 왕이라고? 그리하여 이 몸뚱이

always stifling. Our transaction is over. Thy poetic temperament turned thee into a tragic figure. But thy pride, as the prophet Isaiah once spoke of, must now be more than satisfied. Someday, the thick skin will be taken off from thy body, and thy wretched naked body will be exposed. Yes, thirty silver shekel did come into my hands. But they are now no longer thine or mine."

"I want what is mine."

Judas couldn't speak anymore. He had said too much. He was tired and starving. Besides, he felt as if all the oil he saved in his soul had burned out while he was talking. He closed his eyes. He had no strength left.

The window on the eastern wall was brightening.

When Judas barely opened his eyes, the other pair of eyes were gone, along with the hand on his forehead and the sound that seemed like a voice. Judas smiled weakly. It was a smile beyond triumph or defeat.

"It was all my nerves. There must have been a great distance between me and my nerves."

Judas' eyes were gradually changing. Meanings had been fading from them one after another.

Suddenly, as if remembering something, Judas

하나 누일 곳마저 빼앗을 셈이오? 은 삼십은 저 노파의 수의 값으로 지불되었다는 말이오. 물론 이 집까지도 내 것이 된 거요. 당신은 이것까지도 뺏지 못해 안달이 났구 려. 나에게 당신이 어떻게 했지요? 어떻게 했느냐 말요."

유다는 피골이 상접한 손을 모아 쥐었지만, 엿새나 굶은 몸뚱이에선 힘이 나질 않았다. 그러니까 성만찬 때 —그 달 열나흘 목요일—빵 한 조각과 포도주 한 모금을 맛본 뒤, 아직껏 아무것도 목구멍에 넘기질 않았던 것이다.

"당신은 나를 배반했었소. 그리곤 나로 하여금 당신을 배반하도록 충동시켰소. 당신은 '나와 함께 그릇에 손을 넣는 그가 나를 팔리라' 하고 말했었소. 그러나 내가 어떻게 가장 존경했었던 당신을 배반할 생각을 꿈엔들 가져볼 수 있었겠습니까? 존경하지도 않으면서 덩달아 추종하는 그런 사내도 있을 줄 알았습니까? 하기야 존경과 '미혹(迷惑)'은 거리가 멀지요. 나도 그 미혹된 사람들 중의 하나였을 테니까요. 나는 결국 당신에게서 실망하고 말았습니다. 하여튼 당신은 왕이 아니고, 미혹자라는 걸 맨 처음으로 안 것은 나였소. 그것도 당신이 일깨워준 덕분이었지만, 하필 당신은 왜 나를 택했는지

whirled around toward the old woman's body still lying on the floor. She was covered in blood. A spasm shook through Judas's frame. He looked at her eyes. They looked almost exactly the same as those he had just seen a few moments ago. A few strands of hair hung over them.

They were eyes without any meaning or strength, eyes of villagers living across the river of death— clear, abysmal, and unseeing eyes. Judas smiled again, faintly, almost as if he wasn't smiling at all. Then, he turned his head and looked out the windowsill on the eastern wall. The morning was brightening with the color of persimmon. He looked at the blue sky through the torn hole of the window, as if the sky offered some sort of redemption. He could hear the chirping of sparrows outside as if they were praising this happy morning of the month of Nisan. Judas saw, heard, felt, and imagined them all with joy in his heart.

"What a morning this is! How wonderful it is to feel and to breathe!"

Judas smiled. He felt a kind of triumph.

"Really, what a morning this is...!"

But he had to lie still again. He couldn't keep thinking after the incredible anguish, inner struggle, ex-

지금도 그것이 의문이오. 하기야, 당신은 언제까지나 당신을 지속하기에는 너무도 벅참을 느꼈을지도 모르지요. 서른셋의 나이로서는 너무나 피곤을 잘 느꼈고, 침묵이 많았습니다. 자, 이제는 제발 떠나주시오. 난 신경이 이상해졌습니다. 배반자들끼리만의 회합이란 언제나 숨 막힐 듯하다는 것을 알겠지요? 이제 우리의 거래는 끝났습니다. 당신의 시인적인 기질이 당신을 비극적인 인물로 만들긴 했지만, 하여튼 선지자 이사야에 의한 당신의 자기도취는 만족되고도 남았을 것입니다. 언젠가는 당신을 두른 두터운 껍질이 벗겨지고, 가난하고 비참한 한 알몸뚱이가 나타나긴 할 거요만…… 어찌 되었든 내 수중엔 서른 세겔의 은이 굴러 들어왔습니다. 그것은 이제 내 것도 당신 것도 아니게 되었습니다만."

"나는 내 것을 받으려 하느니라."

유다는 더 이상 말하지 않았다. 너무 많이 말했고, 너무 지쳤고, 굶주렸다. 뿐만이 아니라, 그와 이야기하는 중에 자기의 영혼이 저장해두었던 기름을 모두 빼앗긴 듯했기 때문이었다. 그래 견딜 수 없게 되어 눈을 감아 버렸다.

그때 동창이 훤히 밝아오고 있었다.

haustion, and the starvation of the past six days. He felt like he was gradually losing consciousness again.

"What an unbearable hell. But I feel like I didn't avoid it. I didn't give up... I guess I can be proud that I managed to survive this hell. That's right!"

Judas was thinking about this, while he lost consciousness, trying to strain a few drops of honey and meanings from what he had just been through.

"I saw everything clearly. Now I feel fine, even if someone were to criticize me or curse me. My hell is over now. I feel as if I am lying within a well of happiness. I have to look at everything clearly until the end."

The day became bright. The morning sunrays danced along the ridge of the Valley of Hinnom.

"Rabbi, if thou truly wantst it, please takest thou the thirty silver shekels. Please takest thou them now!"

Twenty-five days later, around dusk, a miserly peddler came to Jerusalem from the Joppa port. He happened to find the house while wandering along the ridge in search of the village. He dropped in, thinking that he could stay a night there, and stumbled upon the ghastly scene inside. There was an

유다가 기력을 다해 다시 눈을 떠보았을 땐, 자기를 바라보던 눈도, 이마 위의 손도, 목소리라고 느꼈던 어떤 음향도 어느 사이엔지 없어진 때였다. 유다는 그것을 알곤 미미하게 웃었다. 승리나 패배를 초월한 것이었다.

"아깐 확실히 신경이 이상했었어. 신경(神經)과 나[我]와의 사이엔 상당한 거리가 있는지도 몰라."

그땐 유다의 눈도 서서히 변해가던 중이었다. 의미가 하나씩 하나씩 바래버렸던 것이다.

유다는 불현듯 생각난 듯이 기력을 다해 노파의 몸뚱이를 살펴보았다. 피가 그녀의 옷과 살을 온통 뒤덮고 있었다. 다음 순간 유다는 약간 경련을 일으켰다. 그녀에게서 아까 보았던 것과 흡사한 두 눈을 발견했기 때문이었다. 몇 올의 머리칼이 눈자위로 늘어져 있었다.

그 눈은 아무 의미도 기력도 없는 죽음의 강을 건너편 저쪽 마을 사람의 눈—그것은 투명하긴 했지만, 끝 간 데 모를 심연을 가진 눈, 그러면서도 폐쇄되어버린 눈, 유다는 또 한 번 웃는 것 같지도 않게 웃었다. 그리곤 고개를 돌려, 동쪽 창턱에 아침이 감빛으로 밝아져 오는 것을, 그 창의 찢어진 구멍을 통해서 푸른 하늘이 엿보이는 것을 무슨 구원이나처럼 바라보았다. 밖에선

old dead woman, her lower body naked and her clothes torn to pieces. Also, there was a man lying dead on the ground. His lower body was also exposed, his trousers torn, and his shirt was completely unbuttoned, leaving him practically naked.

"At first, I couldn't tell whether it was a giant maggot or a human body. An enormous host of maggots was wriggling inside his belly. And yet, despite all of this, the man was smiling. His half-rotten "shit stick" was exposed because of his torn trousers. It must have been saying something to the old woman's groins, although her groins were soaked in blood. Still, why else would he have laughed himself into convulsions like that? He looked as if he had choked to death laughing... I couldn't tell if it was part of his intestines or his... I just flew out there as fast as an arrow. I was so scared."

This incident became known to all the people of Jerusalem. They called the place "Akeldama," which means "field of blood."

(Although it was not known who did it, someone hung a nameplate that read *Judas Iscariot* on the post next to the twig gate of this hut.)   Translated by Jeon Seung-hee

참새들의 지저귀는 소리가 니산달—사월—의 명랑한 아침을 찬양하는 듯했다. 유다는 그 모든 것을 즐거운 마음으로 보고, 듣고, 느끼고, 상상했다.

"참 즐거운 아침이 시작되는가본데. 숨 쉬고, 느낀다는 것은 참 즐거워."

유다는 빙그레 웃었다. 어떤 승리감 같은 것을 느낀 때문이었다.

"정말이지 얼마나 즐거운가, 이 지상의 이 고요한 아침은……"

하지만 형언할 수 없는 오뇌와 갈등과 피로, 그리고 엿새 동안이나 굶은 그로서는 더 이상 버티어낼 수가 없었다. 점점 의식이 희미해져 가는 것을 스스로도 느꼈다.

"참으로 견디기 어려운 지옥이었어. 그래도 나는 회피하지는 않았었던 것 같다. 단념도 하지 않았어…… 나는 이 지옥을 제법 잘 영위했던 사람이란 걸 자부할 수 있을 것 같다. 암, 그렇고말고."

유다는 희미해져 가는 의식으로 상념에 잠기면서 자기가 모아온 '꿀과 의미'에서 몇 방울의 정수(精粹)를 걸러내려는 모양이었다.

"나는 무엇이든 똑똑히 보아두었어. 나는 이제 비방을

받아도 좋고 욕지거리를 받아도 좋다는 생각이 든다. 이젠 나의 지옥도 끝이 났을 거야. 나는 지금 물밀 듯한 행복 속에 누워 있는 것 같다. 하여튼 무엇이든 끝까지 똑똑히 보아두어야지. 물론이지."

날이 완전히 밝아졌다. 힌놈의 골짜기의 등성이로 아침 햇살이 춤추며 찾아들었다.

"랍비여, 진정으로 원하신다면, 삼십 세겔의 은을 거두어주십쇼. 이제는 거두어주십쇼."

그로부터 스무닷새나 지난 해질녘에, 욥바 항(港)에 살고 있는 한 구두쇠 장사치가 예루살렘까지 행상(行商) 왔다. 그곳에서 히룻밤쯤 묵을 생가으로 들렀었는데, 거기서 그는 끔찍한 광경을 보게 되었다. 그는 마을을 찾아 고갯길을 어슬렁어슬렁 넘다가 우연히 그 집을 발견하고 들렀던 것이다. 거기서 그는 한 노파가 옷이 갈기갈기 찢겨 하반신을 전부 드러내고 죽어 있는 것을 보았고, 또 한 사내가 죽어 있는 것을 보았다. 그 사내 역시 바짓가랑이가 찢겨 하반신을 노출하고 있었는데, 웃옷의 단추가 모두 열려 거의 알몸뚱이나 같았다고 한다.

"처음엔 큰 구데기인지 몸뚱이인지 구별할 수가 없을

정도였어요. 하여튼 구데기 뭉치가 그 사내의 배때기에서 술에라도 취한 듯이 꾸물거렸으니까요. 그런데도 그 사내는 웃는 얼굴을 하고 있었어요. 물론 바짓가랑이가 찢어진 사이로 그 해괴스러운 고깃덩이가 나와 있었는데, 그놈이 그 노파의 가랑이를 보고 뭐라고 이야길 했던 게지요? 하기야 노파의 가랑이는 피투성이였지만 말예요. 그렇지 않다면 무엇이 우스워서 숨이 넘어가게 웃겠어요. 그 사람 웃다가 숨을 못 돌린 거 같습데다. ……창잔지 그건지 구별이 잘 되진 않았지만…… 나는 그냥 쏜살같이 도망쳐나온 걸요. 무서워서 견딜 수가 없었어요."

'이 일이 예루살렘에 사는 모든 사람에게 알려지게 되어 본 방언에 그곳을 이르되 아겔다마라 하니 이는 피밭이라는 뜻이었다.'

(그리고 어느 때 누구의 손으로 된 것인지는 몰라도 그 움막집 사립문 한쪽 기둥에 '가롯 유다'라는 문패가 걸리게 되었다.)

「아겔다마」, 문학과지성사, 1997

해설

Afterword

생명의 참의미를 탐구하는 형이상학의 세계

김진수 (문학평론가)

　박상륭의 작품 세계는 한국 현대 문학사에 있어서 실로 그 유례를 찾아볼 수 없을 만큼 독창적이고도 개성적인 색채를 지니고 있다. 우선, 박상륭의 작품 세계는 대부분 종교적이거나 신화적인(샤머니즘이나 민담, 전설을 포함한) 테마나 모티프들로 구성되어 있는데, 이 모티프들은 어떤 단일한 종교적—신화적 계통을 따른다기보다는 서로 이질적인 문화권의 세계관들이 혼용되어 결합되는, 말하자면 통종교적이거나 범우주론적인, 혹은 인류의 집단무의식적인 '원형 이미지들'이 서로 연결되는 구조를 이룬다는 점에서 가히 형이상학적 사변의 백과사전을 구성한다. 또한 이 형이상학적 구조들의 핵심

Exploring the Meaning of Life,
a World of Metaphysics

Kim Jin-su (literary critic)

Park Sang-ryoong's literary world is original and unique in modern Korean literary history. First and foremost, Park's themes and motifs are generally religious or mythical (they include shamanism, folklore, and legends) and they form a sort of encyclopedia of metaphysical thoughts, drawing from heter-oge-neous religious traditions and structures connecting archetypal images originating from the notion of a collective unconscious. These essential motifs and metaphysical themes are almost always related to the grand question of the meaning of life, the meaning of life in the context of the struggle be-tween death and regeneration (salvation, redemption),

모티프나 주제 역시 거의 언제나 죽음과 재생(구원, 부활)이라는 '우주적 파괴력과 창조력'의 길항 속에서 영위되는 '생명의 참의미'라고 할 수 있다. 그런 점에서 박상륭의 작품 세계는 존재의 근원과 생명의 궁극적 비의 및 죽음의 의미에 대한 '우주적 상징'(C. G. 융)의 탐사로 일관된다고 할 수 있는데, 이를 위해 작가는 토속적인 한국어의 방언들을 위시하여 각각의 종교적, 신화적, 심리학적 용어와 어휘들로 직조된 독특하고도 개성적인 문체를 만들어냈다.

박상륭의 등단 데뷔작인 「아겔다마」(1963)는 바로 이러한 독창적인 작품 세계의 전조를 드러내는 초기 작품으로서, 예수의 죽음과 부활을 배경으로 인간 '가롯 유다'의 구원에의 갈망을 고통과 회환에 찬 페이소스로 직조한 이야기이다. 소설의 제목으로 차용된 '아겔다마(Akeldama)'는, 예수를 '은 삼십 세겔'에 팔아넘긴 유다가 양심의 가책을 이기지 못해 자살한 곳으로 추정되는, 예루살렘 성곽 바깥에 있는 화장장터 혹은 쓰레기장을 지칭하는 말로서 '피밭'이라는 의미를 갖는다. 이 장소는 소설의 공간적 배경이 되는 '힌놈(Hinnom)의 골짜기' 안에 있는 곳으로 그 골짜기가 구약 시대에는 어린아이

or between "universal destructive power and cre-ative power." In this respect, Park's fictional world doggedly explores Jungian "universal archetypes" of the origin of being, the ultimate tragic meaning of life, and the meaning of death. Throughout this ex-ploration, Park has ultimately created his own unique style, weaving native Korean dialects with religious, mythical, and psychological vocabulary.

Park's debut story, "Akeldama (1963)," forebodes this very unique fictional world of Park's. "Akel-dama" is the story of Judas Iscariot, imbued with pathos, and of his yearning for salvation in the context of Jesus' death and resurrection. "Akel-dama" which means "field of blood" is the name of the crematory or dumping ground on the outskirts of Jerusalem where Judas, overcome by remorse after betraying Jesus for "thirty silver shekels," was believed to have killed himself. Akeldama is located within the Valley of Hinnom, the grounds where children were once sacrificed for pagan rituals during the Old Testament era. In other words, Akeldama was a valley of massacre, the symbolic equivalent to "hell" in the New Testament. This chronotope of a mythical wasteland is characteris-tic of Park's fictional world. It was used before in

들을 불태워 우상에게 제사를 올렸던 곳이라는 점을 상기한다면, 아겔다마는 곧 '살육의 골짜기' 혹은 신약의 의미에서는 '지옥'이라고 할 만한 것의 상징적 공간으로 자리하게 된다. 이후 작가의 대표작이 된 『죽음의 한 연구』(1975)의 배경이 어부왕(Fisher King)의 전설에서 취해진 '마른 늪'이라는 상징적 불모지였듯이, 박상륭의 작품 세계에서 이러한 시공간적 배경은 언제나 불모성(죽음과 파괴)을 신화적 휘장처럼 두르고 있다. 이 같은 사정은 박상륭의 초기 작품 세계가 근원적으로 죄와 벌, 그리고 속죄라는 종교적 세계관을 토대로 구축되었다는 사실과 무관하지 않다. 이러한 종교적 세계관의 토대 위에서 '죽음'의 현실과 새로운 '생명'의 희구라는 박상륭 소설 세계의 양극적 구조가 확립되는 것이다.

유다는 골고다의 언덕에서 예수가 죽임을 당한 날('서력 기원 삼십년 니산달 열닷새 금요일') 그 현장을 목격하고는 서둘러 흰놈의 골짜기에 있는 자신의 집으로 돌아온다. 그리고 그곳에서 자신을 친자식처럼 돌보아주었던, 몇 해 전에 사망한 옹기장이 노인의 부인이었던(따라서 유다가 '어머니'라고 불렀던) 사마리아인 노파를 설명할 길 없는 어떤 광기와 폭력의 감정에 휩싸여 겁탈한다. "그

his representative novel *A Study of Death* (1975), which was set in a dry marsh, a symbolic wasteland from the Fisher King legend. This is also closely related to Park's early fictional world, which was founded on a religious worldview of sin, punishment, and redemption. The binary structure of Park's fictional world between the reality of "death" and the hope for "life" is built upon this foundation.

On the day of Jesus' execution on Golgotha ("Friday the fifteenth, in the year 30 A.D., in of the month of Nisan"), Judah hurries home in the Valley of Hinnom after witnessing the execution. Overcome by an inexplicable madness and violent rage, he rapes the old woman from Samaria who had been taking care of him like "mother," since the death of the potter, her husband and Judah's fellow zealot: "Judas walked with heavy footsteps on the road far below the lowest limit of beasts." Following this, half asleep and half awake, Judah faces Jesus who tells him that he has come "to collect thirty silver shekels," and then dies while watching "the windowsill on the eastern wall" through which "the morning was brightening with the color of persimmon" and "the blue sky through the torn hole of the window, as if the sky offered some sort of redemption." We

리하여 그는 짐승의 한계에서도 더 아래쪽 길을 처벅처벅 걸어댔다." 그리고 비몽사몽간에 유다는 "서른 세겔의 은을 받아가기 위해서" 왔다는 부활한 예수의 형상과 조우한 뒤, "동쪽 창턱에 아침이 감빛으로 밝아져 오는 것을, 그 창의 찢어진 구멍을 통해서 푸른 하늘이 엿보이는 것을 무슨 구원이나처럼 바라보"면서 죽어간다. 여기에서 유다가 관련된 두 번의 파괴 행위(예수의 죽음, 노파의 살해)는 새로운 영혼과 생명의 창조를 위한 신화적 원형 상징으로 해석될 수 있다. 유다는 이 파괴 행위의 대가로 신성 모독의 죄를 달게 받으면서 새롭게 정화된 영혼으로 거듭해 태어날, 영적 구원을 희구하는 인간적 상징이 된다.

충격적이고도 기이한 '정사'와 '살해'는 박상륭의 작품 세계를 떠받들고 있는, 하나의 질서를 이루는 두 개의 상극적 요소로 이해되어야 한다. 박상륭의 작품 세계에서 삶/생명은 언제나 '살욕'과 '성욕'이라는 상극적 요소의 갈아듦[易] 속에 존재하는데, 이러한 파괴력과 창조력은 마치 '제 꼬리를 물고 도는 뱀'의 형상이 상징하는 것처럼 상극적 질서로서의 '자연의 순환 원리'가 된다. 신화적인 시공간적 배경, 충격적이고도 카니발적인, 혹

can interpret the two acts of destruction connected to Judah—the death of Jesus and the murder of the old woman—as archetypal symbols of death preceding the creation of new souls and life. Judah is the symbol of humanity that accepts the punishment for his destructive, blasphemous actions and yearns for rebirth as a cleansed soul.

Grotesque, shocking acts of sex and murder are the two pillars that support Park Sang-ryoong's fictional world. Life in Park's world exists in an order in which murderous and sexual desires are intertwined. Like the Egyptian symbol of "Ouroboros," the serpent consuming its own tail, destructive and creative powers form the principle of natural cyclicality and the union of opposites. With its mythical setting, shocking and carnival-like tones, ritualistic sexual excess, extreme violence, grotesque characters (the image of Jesus after resurrection, the image of the cross-eyed Judah, the "praying Satyrus," etc.), explosions of madness, and profoundly religious and secretive symbols, "Akeldama" asks questions that are as symbolic as they are confusing. Park's fictional world—strange even to native speakers because of his use of a traditional southern dialect—and his system of neologism most likely demands a great

은 제의적 의미를 갖는 성의 탐닉과 폭력적인 죽음의 사건들, 기괴한 형상을 한 인물들(죽음에서 부활한 예수 이미지, '기도하는 사튀로스'라고 명명된 유다의 사팔뜨기 눈의 이미지 등)과 광기의 폭발, 그리고 심오한 종교적 비의와 상징들로 구성된 「아겔다마」는 그 모호함만큼이나 많은 상징적 의미들을 독자에게 던져 놓는다. 번역을 통해서는 어떻게든 그 의미를 전달할 수 있을 것 같지 않은 전통적인 한국어(특히, 남도 사투리)의 사용과 새로운 조어법(造語法)으로 구성된 박상륭의 작품 세계는 한국의 독자들에게도 낯설지만, 이국의 독자들에게는 훨씬 더 많은 해독(解讀)의 노력을 요할 것이다. 그러나 그러한 노력은 분명 시도해볼 만한 가치가 있다. 왜냐하면 세계/자연과 사람과 삶/생명을 범우주적인(따라서 '우주적'이라는 말의 뜻 그대로 '보편적인') 관점에서 통찰하려는 작가의 야심찬 시도와 상상력은 독자로 하여금 '문학이란 무엇인가?'라는 질문을 새롭게 숙고하도록 하기 때문이다. 그리고 문학이 '가치 있는 그 무엇'이라면, 이토록 새로운 질문을 던질 수 있게 해주는 작품이야말로 바로 그러한 문학의 가치를 입증해주는 것이리라.

deal of effort from foreign readers. Still, I believe that that effort is well worth making. Park's ambitious attempts to imagine and understand the world/nature, humanity, and life from a universal perspective urge readers to rethink their answers to the question: What is literature? If we can agree that literature is something valuable, I believe that this story, which urges its readers to ask new questions, is evidence of the value of literature.

비평의 목소리

Critical Acclaim

박상륭의 작품은 샤머니즘의 논리화라고 말할 수 있는 것으로 특징지어진다. 샤머니즘의 논리화라는 말은 그가 샤머니즘적인 것을 소재로 택하면서도 가령 김동리의 「무녀도」와 같이 샤머니즘의 세계에 몰입하는 것이 아니라, 그것을 객관적으로, 논리적으로 묘사함으로써 그 세계의 의미와 한계를 두드러지게 드러내 보인다는 것을 말하기 위해 쓰인 것이다. 그 세계의 의미와 한계를 드러낸다는 지적 또한 그가 샤머니즘의 세계와 논리적 세계라는 이원론적 세계관을 선택해서 샤머니즘 세계의 한계를 드러낸다는 뜻이 아니라, 세계를 샤머니즘이라는 일원론으로 파악하면서, 세계의 의미와 한계

What might be called "turning shamanism into logic" characterizes Park Sang-ryoong's works. Although Park chooses shamanistic subject matter for his stories, he does not immerse himself in the shamanistic world like Kim Dong-ri in his "A Portrait of a Female Shaman." Park depicts it logically, revealing both the significance and weakness of a shamanistic world. In doing so, he does not expose the weakness of the shamanistic world on the basis of a binary opposition between a shamanistic worldview and logical one. He reveals the significance and weaknesses of a world as conceived monastically through shamanism. Thus, it is not di-

를 두드러지게 묘파해낸다는 뜻이다. 그의 세계에서는 그러므로 분리와 대립이 중요시되는 것이 아니라, 화해와 교섭이 중요시된다. 모든 것은 질서 정연한 인과의 고리를 가지고 있으며, 그 고리는 죽음을 통해 의식화된다.

김현

박상륭의 소설을 비교적 논리적인 체계로 읽어내기는 어렵다. 그의 소설들이 체계적으로 되어 있지 않아서가 아니라 그의 소설들이 그것들에 대한 논리적 체계의 구성을 끊임없이 거부하는 그런 체계로 완벽하게 이루어져 있기 때문이다. 그의 소설들은 그 소설들 자체의 완벽한 구조, 그러나 굳어 있음을 거부하는 완벽한 구조로서, 그 소설들에 대한 논리적 해명을 거부한다. 거기에 그의 소설 읽기의 어려움이 있다. 작가의 말을 빌려 이야기한다면 그의 소설 읽기는 그의 소설에 대한 논리적 해명 작업이라기보다는 차라리 암호 해독에 가깝다.

진형준

vision and opposition but reconciliation and inter-action that are important in Park's world. Everything is connected through the orderly chain of cause and effect, a chain ritualized through death.

Kim Hyun

It is difficult to read Park Sang-ryoong's fiction through a logical lens. This isn't because his fiction is systematically disorganized, but because it abides by a seamless system that persistently rejects logical systemization. His works have a perfect structure that refuses to be solidified in any way and rejects logical explanation. This makes it difficult to understand his works. As the author said, it takes deciphering of symbols rather than logical explanations to read his novels.

Jin Hyeong-jun

Park Sang-ryoong's novel has a dual structure composed of fairly heterogeneous principles of messiah complexes and earthly vitality. Park fuses these heterogeneous elements like an alchemist. Earthly vitality, the vegetal cycle of death and re-birth is characteristic of his early stories. The two heterogeneous elements of the messiah complex

박상륭 소설은 메시아 콤플렉스와 대지적 생명력이라는 다소 이질적인 원리의 중층적인 구조로 이뤄져 있다. 박상륭은 이 이질적으로 보이는 원리들을 연금술적 세계 안에서 융합·용해해내고 있다. 대지적 생명력은 죽음과 재생의 식물적 순환과 회귀라는, 그의 초기 소설들을 특징짓는 요소이다. 이처럼 이질적 두 원리인 메시아 콤플렉스와 대지적 생명력은 이 '죽음'과 '재생'의 테마 안에서 결합되고 있다.

김명신

and earthly vitality are combined in Park's themes of death and rebirth.

Kim Myeong-sin

박상륭

박상륭은 1940년 전북 장수에서 출생했다. 서라벌예술
대학을 졸업하고 경희대학교 정치외교학과에서 수학
했다. 1963년 《사상계》를 통해 성경의 유다 모티프를
도전적으로 재해석한 단편 「아겔다마」로 등단하며 작
품 활동을 시작했고, 이후 「뙤약볕」 연작과 「남도(南道)」
연작, 중편 「유리장」 등을 통해 독특한 소설 창작의 세
계를 선보이면서 독자들로부터 주목받기 시작했다.
1969년 캐나다로 이민을 떠난 그는 초기의 작품들을
모아 1971년 『박상륭 소설집』을, 1975년에는 이민 간
캐나다에서 집필한 전작 장편 『죽음의 한 연구』를 간행
했는데, 이 작품들은 문학과지성사에 의해 1986년 『열
명길』과 『죽음의 한 연구』로 다시 발간되었다. 이후 그
는 20여 년간 3부작으로 이뤄진 전 4권의 『칠조어론』
(1990~1994) 집필에 전념하면서 인간 존재의 문제를 죽
음과 재생의 측면에서 탐사해왔다. 그의 문학은 동서고
금의 종교, 신화, 철학을 아우르는 심오하고도 방대한
사유 체계와 우주적 상상력으로 전개되는 거대한 스케

Park Sang-ryoong

Born in Jangsu, Jeollabuk-do in 1940, Park Sang-ryoong graduated from Seorabeol Arts College and studied at the Department of Political Science at Kyung Hee University. He made his literary debut in 1963, when he published "Akeldama," a daring reinterpretation of the biblical Judah motif in *Sasang-gye*. Soon afterwards, he began to garner readers' interest by continuing to publish stories depicting unique characters, such as "The Scorching Sun" series, the "Southern Province" series, and a novella *Yurijang*. After immigrating to Canada in 1969, he wrote *Park Sang-ryoong Short Story Collection*, a collection of his previously published short stories in 1971, and *A Study of Death*, his first novel written in Canada, in 1975. These two books were later published as *Yolmyong-gil* and *A Study of Death* in 1986. He has since wrote the four-volume three-part *Chiljoeoron* (1990-1994), which explored the meaning of human existence in terms of death and rebirth. Park's literature has been expanding the horizons of Korean literature with its vast phil-

일, 그리고 그 독보적인 문체로 한국 문학의 지평을 광대한 차원으로 확장시켜왔다. 1998년 캐나다에서 영구 귀국한 이후, 1999년 소설집『평심』과 산문집『산해기』, 2002년 소설집『잠의 열매를 매단 나무는 뿌리로 꿈을 꾼다』, 2003년 장편소설『신을 죽인 자의 행로는 쓸쓸했도다』, 2005년 장편소설『소설법(小說法)』, 2008년 장편소설『잡설품(雜說品)』등을 출간했다.

osophical subject matter, which has included world religions, myths, and philosophy, and cosmic imagination. Park's published works after returning to Korea permanently include three short story collections *Calmness* (1999), *A Tree with Fruits of Sleep Dreams with its Roots* (2002), *How to Write Novels* (2005), the novels *The Path of a God-killer's Life Wast Lonely* (2003) and *A Silly Talk Text* (2008), and an essay collection entitled *Sanhaegi* (1999).

번역 **전승희** Translated by Jeon Seung-hee

서울대학교와 하버드대학교에서 영문학과 비교문학으로 박사 학위를 받았으며, 현재 하버드대학교 한국학 연구소의 연구원으로 재직하며 아시아 문예 계간지 《ASIA》 편집위원으로 활동 중이다. 현대 한국문학 및 세계문학을 다룬 논문을 다수 발표했으며, 바흐친의 『장편소설과 민중언어』, 제인 오스틴의 『오만과 편견』 등을 공역했다. 1988년 한국여성연구소의 창립과 《여성과 사회》의 창간에 참여했고, 2002년부터 보스턴 지역 피학대 여성을 위한 단체인 '트랜지션하우스' 운영에 참여해 왔다. 2006년 하버드대학교 한국학 연구소에서 '한국 현대사와 기억'을 주제로 한 워크숍을 주관했다.

Jeon Seung-hee is a member of the Editorial Board of ASIA, is a Fellow at the Korea Institute, Harvard University. She received a Ph.D. in English Literature from Seoul National University and a Ph.D. in Comparative Literature from Harvard University. She has presented and published numerous papers on modern Korean and world literature. She is also a co-translator of Mikhail Bakhtin's *Novel and the People's Culture* and Jane Austen's *Pride and Prejudice*. She is a founding member of the Korean Women's Studies Institute and of the biannual Women's Studies' journal *Women and Society* (1988), and she has been working at 'Transition House,' the first and oldest shelter for battered women in New England. She organized a workshop entitled "The Politics of Memory in Modern Korea" at the Korea Institute, Harvard University, in 2006. She also served as an advising committee member for the Asia-Africa Literature Festival in 2007 and for the POSCO Asian Literature Forum in 2008.

감수 **데이비드 윌리엄 홍** Edited by David William Hong

데이비드 윌리엄 홍은 미국 일리노이주 시카고에서 태어났다. 일리노이대학교에서 영문학을, 뉴욕대학교에서 영어교육을 공부했다. 지난 2년간 서울에 거주하면서 처음으로 한국인과 아시아계 미국인 문학에 깊이 몰두할 기회를 가졌다. 현재 뉴욕에서 거주하며 강의와 저술 활동을 한다.

David William Hong was born in 1986 in Chicago, Illinois. He studied English Literature at the University of Illinois and English Education at New York University. For the past two years, he lived in Seoul, South Korea, where he was able to immerse himself in Korean and Asian-American literature for the first time. Currently, he lives in New York City, teaching and writing.

바이링궐 에디션 한국 대표 소설 041

아켈다마

2013년 10월 18일 초판 1쇄 인쇄 | 2013년 10월 25일 초판 1쇄 발행

지은이 박상륭 | **옮긴이** 전승희 | **펴낸이** 방재석
감수 데이비드 윌리엄 홍 | **기획** 정은경, 전성태, 이경재
편집 정수인, 이은혜 | **관리** 박신영 | **디자인** 이춘희
펴낸곳 아시아 | **출판등록** 2006년 1월 31일 제319-2006-4호
주소 서울특별시 동작구 흑석동 100-16
전화 02.821.5055 | **팩스** 02.821.5057 | **홈페이지** www.bookasia.org
ISBN 978-89-94006-94-9 (set) | 978-89-94006-04-8 (04810)
값은 뒤표지에 있습니다.

Bi-lingual Edition Modern Korean Literature 041
Akeldama

Written by Park Sang-ryoong | **Translated by** Jeon Seung-hee
Published by Asia Publishers | 100-16 Heukseok-dong, Dongjak-gu, Seoul, Korea
Homepage Address www.bookasia.org | **Tel**. (822).821.5055 | **Fax**. (822).821.5057
First published in Korea by Asia Publishers 2013
ISBN 978-89-94006-94-9 (set) | 978-89-94006-04-8 (04810)